あしたも チャーシューメン

作・最上一平　　絵・青山友美

新日本出版社

1——足《あし》が　ポキン

りりは　いつもより　三十分《さんじっぷん》も　はやく　登校《とうこう》した。まだ
グランドも　校《こう》しゃも　がらんとしていて　しずかだった。
りりは　人《ひと》みしりりな　せいかく。だから、だれも　いないの
は　安心《あんしん》するはずなのに、人《ひと》の　いない　学校《がっこう》は、ちょっと

こわい　かんじだった。
一番《いちばん》のり、一番《いちばん》のり、と　心《こころ》の中《なか》で　いって、りりは
じぶんを　はげました。
ガラリと　一年生《いちねんせい》の　教室《きょうしつ》の　戸《と》を　あけると、あかり
ちゃんが　もう　きていた。
「りりちゃん、おはよう！」
とびつかんばかりに　走《はし》りよってきた。
「あかりちゃん、おはよう」
りりは、なんとなく　はずかしいような　気分《きぶん》で、もじも

じしてしまった。すぐに、つくえに　きょうかしょなどを
いれて、ランドセルを　うしろの　たなに　しまった。たな
の　上《うえ》には、夏休《なつやす》みで　作《つく》ってきた、工作《こうさく》が　ならんでいた。

セミのけんきゅう
すいか
あおやまともみ
もがみいっぺい

「いよいよ、わたしたちの　番《ばん》だね」
と、あかりちゃんが　いって、ウフフッと　わらった。
「うん」
二学期《にがっき》が　はじまって、一年生《いちねんせい》では　こうすけくん係《がかり》と
いうのが　できた。二人《ふたり》ひと組《くみ》で　当番《とうばん》に　なった　人《ひと》は、
こうすけくんの　おせわを　するのだ。
　こうすけくんは、夏休《なつやす》みに　いなかの　ばあちゃんの　家《いえ》
に　行《い》って、足《あし》の　ほねを　ポキンと　おってしまった。木《き》

から　おちたらしい。それで　あるけなくなった。ギプスを
りょう足《あし》に　はめている。二学期《にがっき》の　はじめの日《ひ》、みんなで
さわらせてもらった。ノックすると、コンコンと　音《おと》が　す
る。みんな　コンコンと　ノックしたが、ノックしても　い
たくない、と　こうすけくんは　いった。
そして、ギプスに　みんなが　メッセージを　書《か》くことに
なった。
たんにんの　みなこ先生《せんせい》が、見本《みほん》を　はじめに　書《か》いてみ
せてくれた。

はやく
ギプスが
とれますように
みなこ
ファイト!
がんばって

『はやく　ギプスが　とれますように・みなこ』
みんな、次《つぎ》つぎ　書《か》いて　もり上《あ》がった。
夏休《なつやす》みの　前《まえ》に、ひきがえるの　ブルちゃんを　ひろって
きた　たけしが、ブルちゃんの　えを　書《か》いた。かえるには
見《み》えなかったけれど。それを　見《み》た　おちょうしものの　か
んじろうが、うんこマークを　書《か》いた。それで、さんざん
みんなに　おこられた。
りりも、とても　まよって、『あるけるように・りり』と
書《か》いた。

二人《ふたり》は　校門《こうもん》まで　でてきた。だんだんと　登校《とうこう》してくる人《ひと》が　ふえてきた。あかりちゃんは、きょろきょろ　見《み》まわしている。そして、ピョンと　とびはねた。ピョンと　とんだって、そんなに　とおくが　見《み》えるわけじゃないのに。そして、あかりちゃんは、

「こうすけくん係《がかり》って、ちょっと　ドキドキするよ」

と、りりの　耳《みみ》もとで　ひみつを　うちあけるように　いった。

りりは、なんだか　とても　くすぐったかった。ほんとうの　友《とも》だちみたいで、気持《きも》ちいい。あかりちゃんを　見《み》ると、ほっぺが　ピンクの　もものように　ぷっくりふくらんで、にっこりした。

「うん。わたしも　ドキドキ」

りりも　つられて、ないしょね、というように、くしゅっと　わらった。

そして、しらずしらず、あかりちゃんのように　ピョンピョン　とびはねていた。

2——あの時《とき》、すきになった

りりは、あの時《とき》から　あかりちゃんの　ことが　すきにな
った。
二学期《にがっき》が　はじまって　まもないころだった。
黒板《こくばん》の　わきの　先生《せんせい》の　つくえには、ひまわりの　花《はな》が

かびんに　いけてあった。それが一本《いっぽん》だけ　つくえの　前《まえ》に
おちていた。だれかが　ひっかけて　おとしたのだろう。
りりが　おちている　ひまわりに　気《き》がついた時《とき》、ちょう
ど　そこを　あかりちゃんが　とおった。あかりちゃんは、
足元《あしもと》の　ひまわりに　気《き》がつくと、なにげなく　ひろって、
ポトンと　いう　かんじで、かびんの　中《なか》に　もどした。
一秒《いちびょう》も　時間《じかん》が　かからず、あかりちゃんは　とおりす
ぎていった。とっても　ふつうの　ことを　したっていう
かんじだった。りりは、心《こころ》の　中《なか》で　『ワオッ！』と　おど

も
たいそうふく　赤白ぼう
し
本よみ　21ページ

ろいた。そして、ポトンと　いう　ひまわりの　音《おと》が　たし
かに　きこえた　気《き》がした。
花《か》びんに　もどった　ひまわりの　花《はな》を　みたら、花《はな》びら
の　色《いろ》が　とっても　あたたかかった。

3――二時間《にじかん》、いきができない

二人《ふたり》で　まっていると、みなこ先生《せんせい》も　校門《こうもん》の　ところにやってきた。

「おはようございます。きょうの　こうすけくんの　係当《かかりとう》番《ばん》は、あかりちゃんと　りりちゃんね。どうぞ　よろしく」

「おはようございます」
「おはようございます」
みなこ先生《せんせい》に　あいさつをして、ふたりは　見《み》つめあい、くしゅっと　わらいあった。
みなこ先生《せんせい》と　あかりちゃんと　りりが、校門《こうもん》の　前《まえ》で　たまっていると、登校《とうこう》してきた　一年生《いちねんせい》が　だんだんと　たまってきた。りりは、はやく　みんな　教室《きょうしつ》に　行《い》ってくれないかなと　思《おも》った。きょうの　当番《とうばん》は、あかりちゃんとりりなのだ。なんだか　みんなが　とっても　じゃまだった。

でも、考《かんが》えてみれば、きのうも、その前《まえ》の日《ひ》も、りりだって　校門《こうもん》の　前《まえ》で　まっていたのだった。

白《しろ》い　車《くるま》が　校門《こうもん》の　前《まえ》で　止《と》まった。こうすけくんがのっていた。うんてんしてきた　お母《かあ》さんが、トランクから車《くるま》いすを　おろした。

「おはようございます」

と、みなこ先生《せんせい》が　あいさつをした。

こうすけくんの　お母《かあ》さんが　あいさつした。

「きょうは、あかりちゃんと　りりちゃんが　おせわ係《がかり》で

す」

と、しょうかいしてくれた。

「よろしくおねがいします」

こうすけくんの　お母《かあ》さんが、ていねいに　頭《あたま》を　さげた。りりは、はずかしかったが、すごく　ほこらしかった。

ぺこっと　おじぎをすると、ドキドキしてきた。

あかりちゃんが、車《くるま》いすに　のった　こうすけくんのうしろに　まわって、車《くるま》いすの　グリップを　にぎった。

りりは　ランドセルを　うけとった。ちあきちゃんと　まきちゃんが、車《くるま》いすに　よってきた。うんこマークを　書《か》いた　かんじろうも、ドタドタ　まわりを　うろついた。

「こうすけは、らくちんで　いいよなあ。うらやましい」

と　いって、こうすけくんに　パンチを　するまねをした。

りりは、みんなに　はなれてほしい。今《いま》、わたしたち係《かかり》は、とっても　たいせつなことを　しているんです。はなれて！　はなれて！　と　おいはらいたかった。

車《くるま》いすを　おしている　あかりちゃんを　見《み》ると、こうすけくん係《がかり》ですよと、胸《むね》を　はって　にこにこしていた。

校門《こうもん》から　しょうこう口《ぐち》の　ちょうどまん中《なか》ぐらいで、あかりちゃんと　りりは、こうたいした。こんどは、りりが車《くるま》いすを　おした。

りりは　はじめて　車《くるま》いすに　さわった。こうすけくんが　のっているんだから、おもたいのかなと　思《おも》ったけれど、それほどでも　なかった。

なにか　こうすけくんに　はなしかけたかったけれど、まわりに　人《ひと》が　いるし、なにを　はなしたらよいか　わからなかったので、だまっていた。

でも、なんだか　はなしたくて、胸《むね》が　どんどん　ふくらんでくるようだった。

しょうこう口《ぐち》が　見《み》えてきた。校《こう》しゃの　前《まえ》の　グランドを　一《いっ》しゅう　まわってきたかった。でも　車《くるま》いすは、タイヤを　くるりくるりと　まわし、どんどん　しょうこう口《ぐち》が　ちかづいてきた。

しょうこう口《ぐち》には、スロープが　あるから、そのまま　ろうかまで　いける。しょうこう口《ぐち》に　入《はい》るところに、ちょっとした　みぞが　ある。そこが　車《くるま》いすで　つっかえるところだった。係《かかり》の　ひとりが　前《まえ》に　まわって、前《まえ》の　タイヤを　少《すこ》し　もちあげると、ぶじ　つうかできる。

そのことを　しっている　かんじろうが、さっさと　前《まえ》にでて、タイヤを　もちあげてしまった。

「なにすんのよ、かんじろう！　わたしが　きょうの　係《かかり》なんだからね」

と、あかりちゃんは　プンプン　おこって、かんじろうのおしりに　キックした。りりは　あかりちゃんの　気持《きも》ちがよく　わかった。手《て》だしは　キンシです！　と　いいたい。

かんじろうが　にげだした　ところで、あかりちゃんが
こうすけくんに　きいた。

「こうすけくん、足《あし》の　ほねが　おれた　ときって、いたかった？」

「うん」

「どんなかんじ？」

「オオッ！　って、いきが　できなかった！」

あかりちゃんは　しんけんに　きいて、ウンウンと　うなずいた。

「オオッ！」

きゅうに　あかりちゃんが、むねを　かきむしるように

いって、いきを　とめた。りりも　まねをした。

「オオッ！」

あかりちゃんは　まっかになるまで　いきを　とめていた

が、プハーッと　はきだした。

「こうすけくん、いきが　できなかったのに、死《し》ななくて

よかったね」

と、あかりちゃんが、かんしんしたように　いった。

Bone

「そうだよ。どっちかの　足《あし》で　なくて、りょうほうなんだ
から、二時間《にじかん》ぐらい　いきが　できなかったと　思《おも》うよ」
と、りりも　がまんできなくて、いきを　ハアハアしながら
いった。

4――ちゅうもんは　ありますか

休《やす》み時間《じかん》ごとに、一年生《いちねんせい》の　教室《きょうしつ》に　校長先生《こうちょうせんせい》が　やってきた。

「こうすけくん、トイレは　いいですか。いっしょに　いきましょう」

トイレの　前《まえ》までは、あかりちゃんと　りりが、車《くるま》いすを　おしていく。トイレの　中《なか》には、校長先生《こうちょうせんせい》が、こうすけくんを　ひょいと　だきかかえて　つれていってくれた。しかたなく　トイレだけは　校長先生《こうちょうせんせい》に　まかせたけれど、当番《とうばん》の　あかりちゃんと　りりは　かつやくした。

プリントを　うしろに　くばる時《とき》も、さっと　あかりちゃんは　立《た》ち上《あ》がって、こうすけくんの　かわりをした。こうすけくんが　けしゴムを　おとした　時《とき》は、りりが　もうスピードで　ひろいに　いった。きょうだけは、だれよりも

先《さき》に　ひろって、おせわ係《がかり》をやる。
けしゴムひとつだけど、こうすけくんの　つくえに　もどすことが　できた時《とき》、りりは　とても　まんぞくした。どんなもんです。きょうは　わたしが　係《かかり》を　やってるんだからと、ちょっぴり　じまんしたいぐらいだった。

三時間目《さんじかんめ》は　体育《たいいく》だった。グランドで　大《おお》なわをやる。十月《じゅうがつ》の　全校朝会《ぜんこうちょうかい》で、学年別《がくねんべつ》の　大《おお》なわ大会《たいかい》がある。一《ひと》クラス全員《ぜんいん》が　大《おお》なわに　はいって、なん回《かい》　とべるか　きょうそうするのだ。

りりは　大《おお》なわに　入《はい》るのが　こわくて、なかなか　タイミングを　とれなかったが、このごろ、やっと　せいこうするようになった。とべない時《とき》は、大《おお》なわと　きいただけで、心《こころ》の中《なか》に　どしゃぶりの　雨《あめ》が　ふったけれど、せいこうするようになると、だんだん　こわくはなくなってきた。

りりは　いそいで　体育着《たいいくぎ》に　きがえた。あかりちゃんが
トイレに　よったので、教室《きょうしつ》から　グランドまで、りりが
ひとりで　車《くるま》いすを　おした。

こうすけくんは　見学《けんがく》だ。てつぼうの　前《まえ》あたりで、大《おお》な
わの　れんしゅうをする。てつぼうの　ところは、大《おお》きな
さくらの　木《き》が　ならんでいて、ひかげが　あるから、そこ
に　こうすけくんを　つれていく。

二十分休《にじっぷんやす》みなので、ほかの　学年《がくねん》の　子《こ》たちも、たくさん
グランドに　でて　あそんでいた。

その中《なか》を、りりは　車《くるま》いすを　おして　すすんだ。なんとなく　ワクワクした。高学年《こうがくねん》の　子《こ》たちも、あそぶのをやめて　見《み》ているのが　わかった。はずかしいような　気持《きも》ちも　あるけれど、「えっへん」と　いばりたいような　気持《も》ちの　方《ほう》が　大《おお》きかった。

グランドの　まん中《なか》を　行進《こうしん》してきて、日《ひ》かげに　ついた。だれかが　いると、声《こえ》を　かけられなかったが、今《いま》は　二人《ふたり》だけだった。それに　当番《とうばん》だということも、勇気《ゆうき》を　ださせたのだろう。りりは、車《くるま》いすの　ブレーキレバーを　引《ひ》き

ながら　いった。

「なにか、ちゅうもんは　ありませんか？」

日《ひ》ざしの　中《なか》は　あついけれど、日《ひ》かげでは　すずしい
風《かぜ》が　ふいていた。

「ひやしちゅうかを」

「エッ！　ひやしちゅうか？」

「アハッ、じょうだん。ごめん」

「いいよ」

と　いいながら、りりは　こうすけくんの　よこがおを　ま

じまじと　見《み》た。
　こうすけくんも　りりを　見《み》て、てれたかんじに　エヘッと　わらった。こうすけくんは、おとなしくて　まじめな子《こ》だと　りりは　おもっていたが、ギャグっぽいことも　いうんだと、ちょっと　おどろいた。
「ひやしちゅうかが　すきなの？」
「チャーシューメンの　ほうが　すきかな」
と　いって、こんどは　ほんとうに　にっこりした。
「フーン」

と　こたえて、りりも　わらった。ヘェー、チャーシューメンが　すきなんだ。

こうすけくんの　このみが　わかって、ラッキーだった。それも、りりだけが　しっていると　おもうと、ほっぺたがもりもりに　もりあがってきて、わらいたくなる。あとで、あかりちゃんだけには　おしえてやってもいいと　おもった。

5――いきを　あわせて

かんじろうと　たけしが　大《おお》なわを　まわした。みんなが　とびやすいように、同《おな》じ　リズムで　大《おお》きく　まわす。とぶのが　じょうずな　人《ひと》から　一《いち》れつに　ならんだ。せんとうは　ちあきちゃん。次《つぎ》が　まきちゃん。ちあきちゃん

が　タイミングを　あわせて　なわの中《なか》に　とびこむと、次《つぎ》
つぎに　みんなは　とびこんでいく。とびこむたびに　数《かず》を
かぞえた。
――一《いち》、二《に》、三《さん》、四《し》、五《ご》、六《ろく》、七《しち》、八《はち》。
八人目《はちにんめ》で　ひっかかってしまった。もう一度《いちど》　やりなおし
だ。
――……、十《じゅう》、十一《じゅういち》、十二《じゅうに》、十三《じゅうさん》、十四《じゅうし》。
こんどは　十四番目《じゅうよんばんめ》の　人《ひと》が　しっぱい。りりは　一番《いちばん》
うしろだ。こうすけくんが　見学《けんがく》で、なわを　二人《ふたり》が　もっ

ているので、二十一番目《にじゅういちばんめ》。一年生《いちねんせい》は　二十四人《にじゅうよにん》しかいない。
また、なわが　まわりだした。パシッ、パシッ、パシッと
大《おお》なわが　じめんを　たたく。土《つち》ぼこりが　パッと　たつ。
その音《おと》を　きくと、それだけで　りりは　きんちょうした。
数《かず》が　ひとつずつ　ふえていく。すると、りりは　ますます
きんちょうして、体《からだ》が　ちぢんでいくようだった。
——……、十三《じゅうさん》、十四《じゅうし》、十五《じゅうご》、十六《じゅうろく》……。
もうすぐだ。りりは、前《まえ》の人《ひと》が　なわに　入《はい》っていく　タ
イミングを　みている。

みんな、流《なが》れるように　入《はい》る。あかりちゃんも　とんだ。
大《おお》なわの　中《なか》は　人《ひと》で　いっぱい。数《かず》を　みんなで　数《かぞ》えな
がら、いきを　あわせて　とんでいる。

――……、二十《にじゅう》……。
次《つぎ》だ。りりの　番《ばん》だ。大《おお》なわが　むこうに　まわっていく。
今《いま》だ。りりは　おもいきり　とびこんだ。
――……、二十一《にじゅういち》……。
みんなが　いっせいに　とんだ。
――二十二《にじゅうに》、二十三《にじゅうさん》、二十四《にじゅうし》、二十五《にじゅうご》。
はじめて　みんなで　とぶことが　できた。それも　四回《よんかい》。
二十五回目《にじゅうごかいめ》で　しっぱいしたけれど、みんなは　いっせいに　かんせいを　あげた。

こうすけくんも　みなこせんせいも、はくしゅをした。

「そうだ。こうすけ。おまえが　なわを　まわせば、一年生《いちねんせい》
全員《ぜんいん》さんかだよ。まわしてみる？」

と、かんじろうが　こうすけくんに　きいた。

「ぼく、できるかな？」

「できるかどうか、やってみれば？」

と、たけし。

「うん」

こうすけくんは、なわまわしに　ちょうせんすることに

なった。

みなこ先生《せんせい》が、車《くるま》いすの　うしろに　まわって、グリップを　がっちりと　もってくれた。

こうすけくんと　たけしが、なわを　まわしはじめた。すると、さっきとは　また　ちがった　きんちょうかんが　ただよった。こうすけくんのためにも、しっぱいは　ゆるされない。

一番《いちばん》に　とぶのは　かんじろうだ。

「みんな、いくぞ！」

かんじろうが　なわの　中《なか》に　とびこんだ。
こうすけくんは、車《くるま》いすの　上《うえ》で、うでを　いっぱいに
のばして、なわを　まわしつづけた。
数字《すうじ》は　だんだんと　ふえていった。

6――あしたも　チャーシューメン

きゅうしょくの　時間《じかん》、あかりちゃんと　りりは、きびきびと　うごきまわった。こうすけくんは、きゅうしょくをのこさず、きれいに　食《た》べた。

五時間目《ごじかんめ》の　国語《こくご》も　おわってしまった。そして、とうと

う　帰《かえ》りの　時間《じかん》。その帰《かえ》りの　時間《じかん》も　おわり、みんなは
下校《げこう》した。
教室《きょうしつ》から、あかりちゃんが、こうすけくんの　車《くるま》いすを
おした。
しょうこう口《ぐち》に　でたところで、りりは　あかりちゃんの
耳《みみ》もとで　ないしょばなしをした。

「あのね、こうすけくんは、チャーシューメンが　すきなんだって」

「エッ、なに　それ？」

「ひやしちゅうかより、チャーシューメンが　すきなんだよ」

「ほんと？」

と、あかりちゃんが　ないしょの　おかえしのように、りりの　耳《みみ》もとで　いった。

りりは「うん」と　声《こえ》を　ださずに　うなずいた。あかりちゃんが、「ヘェー」と　いう　声《こえ》を　だした。そのあとふたりは、かおを　見《み》あわせて、くしゅんと　わらった。

とちゅうで、車《くるま》いすを　おすのと　ランドセルを　こうかんした。ちょうど　その時《とき》、みなこ先生《せんせい》が　走《はし》ってきて、りりたちに　おいついた。

「きょう一日《いちにち》、こうすけくん係《がかり》、ごくろうさまでした。ふたりとも、とっても　がんばりました」

みなこ先生《せんせい》が　ふたりを　こうごに　見《み》て、にっこりしながら、パチパチパチパチと　はくしゅした。

りりは　みなこ先生《せんせい》に　ほめられて　うれしかったが、当《とう》

番《ばん》が　おわってしまうのが　ざんねんで　しかたなかった。

もっともっと　車《くるま》いすを　おしていたかった。人《ひと》の　やくにたつって、なんだか　いい気持《きも》ちだ。ほっぺたが　ピンクの　ももに　なって、もりもり　もりあがって、わらいたくなる。

「こうすけくん。あしたも　元気《げんき》に　登校《とうこう》してね。まってるよ」

と、みなこ先生《せんせい》は　こうすけくんに　声《こえ》を　かけた。

「はい」

校門《こうもん》の　ところに　ついてしまった。
こうすけくんちの　白《しろ》い　車《くるま》は、もう　止《と》まっていて、
お母《かあ》さんが　校門《こうもん》の　前《まえ》に　立《た》っていた。
「先生《せんせい》、お世話《せわ》になりました。それから、あかりちゃんと
りりちゃん、お当番《とうばん》　ありがとうございました」
こうすけくんの　お母《かあ》さんは、あかりちゃんと　りりにも
ふかぶかと　頭《あたま》を　さげた。二人《ふたり》も　ヘコッと　おじぎを
した。
じょしゅせきに　こうすけくんは　のりこみ、車《くるま》いすは

たたまれ、トランクに　しまわれた。バタンと　トランクが しまって　見《み》えなくなると、りりは　とっても　車《くるま》いすが なごりおしかった。そして、こうすけくんとの　わかれが つらかった。あした　また　あえるのに、もう　ずっと　あ えないような　気《き》持《も》ちになって、はなの　おくが　ツンとし た。あかりちゃんも、同《おな》じようだ。

じょしゅせきの　まどガラスが、ツーと　おりた。

「ありがとう」

と、こうすけくんが　小《ちい》さな　声《こえ》で　いった。

「うん」

「うん」

と、二人《ふたり》は　むりやり　わらって、うなずいた。

「チャーシューメン」

と、あかりちゃんが、手《て》を　ふった。

「チャーシューメン」

と、りりも　バイバイの　かわりに　いって、手《て》を　ふった。

車《くるま》の　中《なか》で　こうすけくんが、へんなのという　顔《かお》をして、手《て》を　ふった。

車《くるま》は　すぐに　しゅっぽつし、見《み》えなくなった。そしたら、あかりちゃんの　目《め》から、ツーと　なみだが　おちた。

「当番《とうばん》、おわっちゃった」

あかりちゃんの　なみだを　見《み》たら、りりの　目《め》からも、ツーと　なみだが　ながれた。

「当番《とうばん》おわっちゃったね。あしたも　チャーシューメン」

りりは、なんとなく、チャーシューメンと　いいたかった。

「うん、チャーシューメン」

あかりちゃんも、同《おな》じことを　いった。

作・**最上一平**（もがみいっぺい）
一九五七年山形県生まれ。『銀のうさぎ』（新日本出版社）で日本児童文学者協会新人賞、『ぬくい山のきつね』（新日本出版社）で日本児童文学者協会賞、新美南吉児童文学賞、『じぶんの木』（岩崎書店）でひろすけ童話賞受賞。作品に『りりちゃんのふしぎな虫めがね』『ブルちゃんは二十五ばんめの友だち』（いずれも新日本出版社）など多数。

絵・**青山友美**（あおやまともみ）
一九七四年兵庫県生まれ。大阪デザイナー専門学校編集デザイン科絵本コース卒業。その後、四日市メリーゴーランド主催の絵本塾で学ぶ。主な絵本に『あくしゅかい』（BL出版）、『チョコたろう』（童心社）、『キナコ』（PHP研究所）、『キャンプ！キャンプ！キャンプ！』（文研出版）、『えんぎもん』（風濤社）など多数。

913　最上一平・青山友美
あしたもチャーシューメン
新日本出版社
62 P　22cm

あしたもチャーシューメン

2018年3月30日　初　版

作　者　最上一平　　画　家　青山友美
発行者　田所　稔
発行所　株式会社　新日本出版社
〒151-0051　東京都渋谷区千駄ヶ谷4-25-6
TEL　営業03（3243）8402　編集03（3423）9323
info@shinnihon-net.co.jp　www.shinnihon-net.co.jp
振　替 00130-0-13681
印　刷　光陽メディア　　製　本　小泉製本

落丁・乱丁がありましたらおとりかえいたします。

ISBN978-4-406-06198-8　C8393　Printed in Japan